세월에 실린 나그네

소운 박목철 시집

QR코드

시 : 떠나는가
시낭송 : 김락호
스마트폰으로 QR 코드를 스캔하면
시낭송을 들을 수 있습니다.

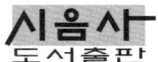

시음사
도서출판

시집을 내며,

시집이라고 하기보다는
삶의 기록이라고 하는 게 적절할 듯합니다.
사람은 세상을 살며 모습만 변하는 것이 아니라
느낌도 바뀌게 된다는 걸 깨달았습니다.

세상이 즐겁던 시절엔 고운 글이
힘들고 아프던 시절엔 아픔이 가득합니다.

어느 한 시점에 집중적으로 쓴 글이 아니라
지난 삶의 단면을 펼쳐 놓은 기록입니다.
어찌 보면 유치하기도, 멋쩍기도 한 자화상입니다.

생면부지의 분들도
저와 인연을 맺었던 분들도
이 시집을 보시게 되겠지요,
지나고 나면 모두 고운 추억이 된다고 합니다.
추억의 사진첩을 같이 펼치는 행복을 꿈꾸며
수줍은 마음으로 시집을 감히 내놓습니다.

시인 박목철

하나,

둘,

셋,

넷,

다섯,

하나,

날이 저물면 포장마차가 펼쳐지고
생활에 지친 도시인들은
유목민이 되어 포장마차를 기웃거린다.
어쩌면 우리 핏속에는
대륙을 떠돌던 유목민의 향수가 남아 있으리라,
매캐한 매연 속에 도시의 하루가 진다.

건망증(健忘症)

엄마 뱃속에서 열 달
보진 못했어도 듣긴 했을 터
세상 만나는 순간 지워진 기억.

명부전(冥府殿) 명경에
낱낱이 비친다는 행적
녹화되어 머릿속에 가득하고
시련에 엉클어진 시스템 하며
메모리 용량도 한계점을 한탄하는데.

깜박,
건망증을 탓하랴
전생(前生)의 기억 놓고 왔듯
사바(娑婆)의 흔적 다 놓으라 하네.

열쇠는 어디다 뒀지?
가스는 잠그고 나왔나?
질기디 질긴 미망(迷妄)의 연(緣)이여.

그래서 시인이다

사자의 모습에 반해
그려 보고 싶었다 용맹한 기상을
누가 보더니 멋진 개라 한다
여럿이 다 개라 하니, 사자란 사람은 없고
처음부터 개를 그린 양 할 수밖에.

해설이 살갑다
픽션도 그럴 듯 하고
머리가 큰 건 고뇌하는 모습이고
꼬리털이 없는 건 아부에 지친 피곤이란다.
사자를 개로 만든 내 잘못
까맣게 지우고 개를 그린 양 해 본다.

시를 쓴다
멋 부린답시고 갖다 붙인 멋진 수사
홀로 만든 난수표
암호 해독문은 없지만 해설은 각자의 몫
다들 독심술이 경지이니,

내가 그린 자화상
내가 아니다.
새가 되어 훨훨 날고, 고기 되어 헤엄치고
소도 되고 또, 말이 된들 어떠하랴
상상력에 날개를 달게 하니, 시인 아닌가.

꿈이로다

힘겨워,
오래 산 듯해도
돌아보면 한 번에 스쳐가는
맛보기 영상(映像)과 같은 인생.

해 지는 줄 모르고
뛰어놀던 공터
땅 따먹기, 종이돈 은행놀이
저녁 먹어! 골목이 잠시 시끌하면
석양에 적막만 가득 남고
먼지 이는 마당에 날리는 종이돈.

소꿉 엄마였던 순이도
아빠 철이도
봉창가 불빛에 가물대는 그림자 되고
희미한 가로등 켜지면
집 나온 늙은 개만 골목을 기웃거리고
꿈이로다. 세상만사 지고나면 꿈이로다.

늦잠

반평생 봉급쟁이
족쇄(足鎖)되어 옥죄더니
백수 생활 십여 년에도
묵형(墨刑)인가 낙인(烙印)인가
뇌에 찍힌 형벌 되어 지울 수 없네.

생계 위한 돈 몇 푼
비키니 도의 거북이 되고
문득, 돌아보면
희끗한 반백의 머리
의미 없는 훈장 되어 비웃듯 하고.

받아든 졸업장,
간섭하는 이 없건만
빤히 보이는 영면(永眠)의 잠 두려움인가.
늦잠 한번 자려 해도
놀래듯 깨는 자명종
봉급쟁이 수십 년의 버릇이려니.

날개

신의 창조물이니
에덴은 하늘이 아니었을까
베어 문 과일 채 삼키지도 못하고
추방되어 떠난 고향
인간은 어차피 실향민(失鄕民) 신세
날개 없이 오르려니
바벨탑은 애초에 무리였다.

날개를,
날개를 부러워한다.

날개를 달려고
버린 것이 얼마인데 새가 부럽다니
추억(追憶)도 버거워
깃털 같은 머리 만들고
한 줌의 저장된 힘도 사치일 뿐
공허(空虛)한 창자
모두 비우고 얻은 날개 아닌가.

아까워
쌓아둔 온갖 상념(想念)
머리통은 더 큰 용량이 부럽고
두어 달 굶은들
버거운 지방덩어릴 안고도
버둥거려 비상(飛上)을 꿈꾸는 오리 신세.

추억을 버린들 무슨 문제일까
가벼운 깃털
날개를 달자
창공을 훨훨 날아보자
미망(迷妄)은 아래 두고
온 곳이니 가야 하지 않겠는가.

노인의 눈물

어느 진갑 잔칫집에서
노인의 눈물을 보았다.

세상과의 첫 만남에서
큰 소리로 울어대는
아기의 울음은
전생의 업(業)을 씻지 못한
윤회(輪廻)의 탄식인가,

소리만의 울음을 곡(哭)이라 했다.

김연아의 눈물도 보았다
눈가에 살짝 비친 이슬을
아마 흘린 땀방울이 응축된
사리 같은 것이리라.

생때같은 자식을
바다에 아니 가슴에 묻은
부모의 눈물도 보았다
눈물도, 소리도 멈춰버린 정적의 슬픔을.

정적의 울음을 읍(泣)이라 했다.

어른인 남자가
남 앞에서
눈물을 보인다니, 흔한 일인가
버스 한 대를 가득 메운 후손들
푸짐한 뷔페식 상차림
밴드가 흥을 돋우는 잔칫집에서
노인의 눈물을 보았다.

칠십 인생의 회한(悔恨)과
기쁨이 응축되어
몇 방울의 눈물로 말하고 있었다.

덥다

쪼그리고 앉아
종일 글을 썼다.
컵라면 두 개로 세끼 때우고
익숙한 가락 벨이 울리더니,
"뭐 해?"
"글 써"
"밥은?"
"컵라면"
"돈도 안 되는 글, 뭘 그렇게 목매"
덥다.
갱년기 여자도 아닌데.

동행(同行)

생명 줄에 매달려
엄마 심장 소리 자장가 삼은
편한 동행이었는데
암흑의 터널
힘겨운 용틀임 보다
탯줄 끊음의 아픔 아기라고 모를까
세상과의 만남 첫울음인 것을.

연(緣) 끊김의 공포
모성의 목마름은 태생(胎生)적 아픔 되어
놓칠세라, 집착(執着)을 부르고.

수만 리 고단한 여행
연어의 회귀를 보았는가?
탈진한 몸, 허덕이는 가쁜 숨
임무 다한 연어의 외로운 죽음을
늘 끝은 혼자 아니더냐
탯줄 자를 때 동행은 이미 끝이었다.

사는 게 어렵다

무심코 내민 팔
아! 비명이 날만큼 아프다
며칠 배불리 먹고 놀았더니
혈당(血糖) 오르고 똥배 나오고
근사한 배 근육,
멋진 몸매 상상하다 삐끗한 어깨.

지구 온난화라더니
혀 빼 문 강아지 신세
창문 열면 소음에 귀가 괴롭고
정전 대란 겁주니, 에어컨 있다 한들.

선풍기 꺼내 먼지 털고
닫은 창문 모기 욕도 해보고
질식사 무서워
바람 방향 이리저리
문득 짜증 난다.
동란, 쿠데타, 다 겪은 세대인데
참, 사는 게 어렵다.

만남, 이별(離別), 연(緣)

이별 없는 만남도 있던가.
만남은 늘,
가슴을 뛰게 하지만
차창을 스쳐가는 풍경 마냥
그저 잔영(殘影)으로
또, 여운(餘韻)으로
파노라마의 한 컷으로 남겨지고.

시간 흐르면
빛바랜 사진되어
망각(忘却) 돌 듯도 싶건만
눈 감으면 어제의 일 마냥
가슴에 가득하다.

이별도
만남의 한낱 고리 일진데
인연의 고리에서
남의 가슴속
아픔의 작은 여울만은 아니고 싶다.

매운탕 끓이기

알싸한 매운맛이 그리웠다.
냉동실 한구석에
남미의 미라 마냥
탈진되어 잊혔던 생선 몇 마리
풋고추 썰어 넣고
마늘도 다지고
우거지 몇 잎도 곱게 깔며
아득한 기억 저편으로 달려간다.

매캐한 연기에 눈물 흘리던
질박(質樸)한 밥상, 문득 그리워지는데
딸각,
안전밸브 잠그지 않은 가스
파란 불꽃이 흘러간 세월을 일깨운다.

보글보글
피어오르는 뽀얀 김 속에
엄마, 집사람,
겹쳐 떠오르는 여자

몽유병 환자 기억 없듯
언제 떠 넣은 것인지
혀가 거부하는 비린 맛
냉동실에서 세월 삭힌 생선 탓인가.

중년 이후의 남자가 요리 못 하면
노년이 허기진다는데.

생각

생각은
신(神)인 듯 싶소이다.
과거로 미래도
후회를 헤집어 가슴도 아리면서,

멈추려 해도
멎지 않는 상상 속 나그네
지워진 기억 되살려
아쉽던 사랑 다시 이어도 보고,

서성거렸던
인생의 갈림길, 반대로는 어땠을까?
꿈이더이다.

손 휘저어 봐야
주어진 공간 한 키 고작인데
문득 정신 차리니
한 아름 가득 움켜쥔 생각
크게 웃고 다 놓지요.

술래잡기

꼭꼭 숨어라
머리카락 보일라.

기척도 하고
머리카락도 보여야
술래도 되고, 숨기도 하지
꼬옥, 숨으면
적막한 공터에 홀로일 뿐인데.

여미고 여민
정숙한 여인의 옷섶인 양
꼭꼭 숨어라, 머리카락 보일라
관객 흩어진 무대 위 공허함만 남고.

파장(罷場)된 장터에
홀로 좌판을 벌인들
석양에 드리운 그림자만 가득한데.

술주정

술주정도
나이를 먹나
젊은 날 술 마시면
술 깰 때 어김없이 내미는 손
어제 약속 한 거,
기분 좋게 마신 탓이다.

술 마실 때
핸드폰 전원을 끈다.
취기 오르면
여기저기 쏟아놓은 말들,
술 깨며 어김없이 찾아오는 후회.

술주정도
나이를 먹나보다.

실어증(失語症)

뱉어 낸 말 다 모으면
태산 높이는 될 것 같다.
횡설수설 빼고
쓸 말만 모으면 한 줌이나 될까?

시인이랍시고
되지도 않는 말 짜내느라
머리만 고생했다
샘도 봐가면서 물을 퍼야지.

노망나면
말동무나 있으려나,
후회 없이 떠들고 싶은데
말을 잊었다. 실어증인가?

아! 아!

안개

안개는
낯설게 한다.
산새도
제 둥지 못 찾을까
두려움에
날지도 않는다지 않던가.
불쑥
들어내지만
또, 문득 사라지는
안개 속 풍경 마냥
우리 삶이 그러 할진데
햇살에
스러지는 안개지만
허무(虛無)하다고 하지는 말자
우리 한번쯤
낯선 눈으로
정겹게
서로 보지 않았는가.

우담바라

"누가 꽃을 눈으로 보는가."

잠룡(潛龍)이 꿈을 접은 날
벽제 추모공원에 우담바라가 피었단다.
삼천 년에 한 번 피운다는 꽃
세월이 하 어수선하니
전륜성왕(轉輪聖王)의 현신을 믿은 것이냐.

오체투지(五體投地), 삼천 배
미륵세계를 향한 꿈 가득 피고
오십육억 칠천만 년 후, 부처님 약속
아득한 간격 공허(空虛)함 너머
미륵 여래님 자비의 꿈 미소가 곱다.

풀잠자리 알
부처님이라고 모르셨을까
인간의 꿈이 고우니,

누가 부처님의 꽃을 눈으로 보는가
간절한 신심(信心) 마음으로 보는 우담바라를.

죽어보니

어느 날 눈을 뜨니
내가 죽어 있다
아니, 죽었다고 한다.
전혀 남의 일
남의 눈으로 나를 보긴 처음이다
울부짖는 혈육(血肉)들
슬픔을 삼켜야 하는 연인(戀人)
잔정 많던 내가
눈물 쏟을 만도 한데
심연(深淵)에 던져진 돌 가라앉듯 하다니.

이생의 연(緣)
살았을 땐 끈질기다 했건만
죽었다 하니
꿈길같이 아득한 남의 일
그래도 떠나려 하니
한 번쯤 되돌아보네, 남겨진 삶의 흔적을.

친구

늘 보진 않고 살아도
함께한 반백 년 세월
홑씨 날리듯 다 떠나보낸 자리
적막이 드리우고
문득, 잊고 산 친구 그리워진다.

소주잔 앞에 두고
한다는 소리
야! 인마 너 늙었다.

희끗한 반백의 머리
겹겹한 미망(迷妄)의 나이테인가
세월을 탓하지 마라
세월도 늙는다.
다툴 일 없는 신 나는 얘깃거리
다 지난 일들이니.

선해진 눈망울
버리고 얻은 자비인가
마주 보며, 친구야!
세월에 바래버린 연민(憐憫)이로다.

커피

세상 알만해야
쓴맛도 알게 된다.

식혜 수정과
단맛이 소망이더니
양키부대, 씨레이션 커피
한 모금 얻어 마시곤
아! 써
양놈들, 이 쓴 걸 왜 먹어.

냉수에 설탕 타 마시던 세월
단맛은 잊혀지고
농부 밭두렁에서 커피 마신다니.

세월 좋아졌다지만
흔적까지 없었던 듯 지울 수야
독일 탄광 막장에서
월남 땅 밀림에서, 또 열사의 사막에서
달콤한 추억은 지어낸 상상(想像) 속 동화
고(苦), 쓴맛을 되새김질하는가.

와신상담(臥薪嘗膽) 할 일 없는데
한 잔의 커피를 마신다
쓴맛이 행복하다 고고(孤苦)한 행복이다.

포장마차

날 저물면
달맞이꽃 꽃잎을 열 듯
하나둘 펼쳐지는 도시의 게르(Ger)
꼬치에 꿰인 양고기
매캐한 연기 향수 되어 피어오른다.
떠나온 초원 그리듯,

풀 찾아 떠돌던
유전자 역마살(驛馬煞) 흔적으로 남아
귓갓길 까마득히 잠시 잊고
쓴 소주 단 듯 마셔보지만
"청양고추 몇 개" 그리고 눈물
매움, 방향 잃은 상실, 어느 쪽 눈물일까.

마차 끌던 말 떠난 자리
덩그러니 달맞이꽃 피었는데
길 잃은 유목민
오늘도 해지면 포장마차 기웃거린다.

화가와 시인

화가(畵家)는 보이는 걸 그린다.
색(色)은
계절에 따라
시간에 따라 또 기분에 따라
카멜레온 되어
늘 다른 모습인데,

시인은 꿈을 그린다.
꿈은 공(空)이요
허공(虛空)이니 손에 잡힐 리 없다.

색이 꿈이 되어
화가의 화폭에 곱게 담기고,

시인의 꿈 열매되어
풍성히 맺히면,
空卽是色, 是色空卽
화가와 시인은 같은 꿈을 꾸는 것이려니.

둘,

달팽이 기어간 자리
얼룩진 자국
눈 감아도 언제나 선명한 환영(幻影)인데
해가 진들,
하지만 눈시울은 젖는다.

가을비 지나간 노천카페

가을비 지난 자리
돌아보면 늘 혼자
어항 속 금붕어 떠오르듯
사람 냄새 그립고
가을비 재촉에 못다 한 아쉬움
미련 되어 가로에 가득한데.

빈대떡에 막걸리는
발품 팔아야 하는 사치
눈치 보며 맘 조리고 펼친
간이 탁자 몇 개
사는 모습 축소판 같이 정겹다.

맥주잔 위로 나방이 날아든다
불을 보고 날아든 불나방
한 잔, 두 잔, 취기 오르고 몽롱한 눈으로
어두운 하늘을 본다, 왁자한 소리를 듣는다.
소득없이 퍼덕이는 불나방도 본다.
가을비 지나간 노천카페에서.

골목

꼬불꼬불 정다운 골목
사랑의 그림자 여운 남고
나의 숨결이 어려 있다.

발걸음 서성대던 그 창문가엔
지금도 콜록이는 기침 소리
들릴지 모른다.

나의 달콤한 애화(愛話)와
그의 애수에 찬 표정이
어딘가 조금은 남아 있을라,

달 밝은 밤이면 개 짖는 소리
비 오는 날이면 낙수 물소리
꼬불꼬불 정다운 골목
이제 길은 막혔나 보다.

길

누가 힘들여
만들지 않아도
다니다 보면 어느새 길
바닷가 간 고등어
산골 말린 고사리
길 따라 오가면
밥상엔 웃음이 가득하더니,

아득한 재 넘어
무지개 가득 만들고
그리움 담아
해바라기 씨앗 되어 알알이 영근 채
뽀얀 흙먼지 속으로
떠난 버스 모습 되어
기억 저편에 희미하다.

포푸라 줄지어 선 먼지 이는 모습으로만.

꿈

불빛을 좇아
날아드는 부나비의
무모함을 보았는가,

언제나 깨면
허망(虛妄)한 게 꿈인데
흔적도 없이
스러지는 인생길에
어찌 무지개가 이다지도 많을까.

나고 또, 감이
어찌 제 뜻이더냐
그나마 꿈 때문에
피안(彼岸)의 언덕을 향한
허우적이
무상(無常)이란 걸 어찌 알까.

누군들
윤회(輪廻)에서
인간이길 바랄까만
오늘도 어김없이
또, 꿈을 꾼다.

누룽지

아궁이 열에 몸 태워가며
지켜낸 순백
뽀얀 증기 속에 고슬한 밥
그릇에 담겨 떠남을 미소로 본다.
솥 바닥에 눌어붙어
단란한 한솥밥 자리에 동참 못 한 아쉬움
찬물 한 바가지 몸으로 삭여
곱게 번지는 구수한 향기.

묵묵한 인고(忍苦) 날려버린 위로 한마디
"아 구수하다, 옛날 생각나네."

얄팍한 편리함 몰인정한 내침
전기밥솥에 자리 내준 허탈함
고물장사 푼돈에 아슬하던 세월을 딛고
무쇠솥, 한바탕 꿈을 꾼 것인가
부엌 기웃거리던 코흘리개도
누룽지 쥐여주던 엄마의 애틋함도
다 세월 속의 흔적인데,

아궁이 매캐한 연기 김 뿜는 가마솥
누룽지는 세월을 품어 구수함을 익히는가.

달맞이 꽃

하마 눈부셔
고개 들어 보지 못하고
다 잠든 밤 살짝.

달님
달라지는 모습은
수줍음
조각난 초생 달
연민의 눈으로 보다보면
어느 듯 환한 보름달 웃고 있고,

보름 달 또, 초승 달
가려진 모습 길 떠난 손 인양
설레며 기다리고
환한 미소 가득한 둥근 얼굴은
한 달을 기다려야 잠깐
구름의 심술에 가슴도 졸인다.

달님이 좋아
언제나 그대를 바라보는 달맞이 꽃.

매미와 고목

어느 부잣집 마당에
위엄있게 있을 법한
고목이, 반은 속 비어
시멘트로 메워진 채
마을 한구석 힘겹게 서 있다.
늘어진 가지 부러질까
파이프 부여안고,

세월의 흐름에 잊혀지고
도시개발에 밀려
흔적도 없어진 반가(班家)의 영화
그림자처럼 떠안고 있다.

매미가
날아와 날개를 접는다.
이 나무 저 나무
비상(飛上)을 꿈꾸다 꿈을 접은
지친 매미다.

고목나무가 운다.
삶이 다한 매미의 처지가 불쌍해 보여서,
매미도 운다.
가슴을 송두리째 도려
시멘트로 메운 고목이 가여워서,
매미는 소리 내어 울고
고목은 가슴으로만 운다.

마음을 봄바람에 실려

바람은
눈으로 보는 게 아니다
소리로
그것도 가슴으로만 듣는다.
들어내 보일 자태가 없기에
바람은 늘 소리다.

마음은
소리도 흔적도 없으니
붉게 타 재가 되나보다.
누가 바람을 보았는가,
마음을 보았는가.

이 봄에
마음속 그리움만 모아
바람에 날려보자
민들레 꽃씨처럼
어딘가에
사랑을 움 틔워
나도 모를 환한 꽃 피우게.

봄, 그리고 마음의 봄

봄은
아픔을 녹인 채
시내 되어
가슴에 흐르고
봄볕은
초록의 꿈을 엮어
아지랑이를 만든다.

못 이룰 꿈이 부활이라는데
봄은 움을 틔워 언제나 부활인 것을,

봄이
아지랑이 되어
망각하자던 세월의 상처마저
그리움 만들어
아련히 피어오르게 한다.

빈 의자

낡은 아파트 공터에
덩그러니 놓여있는
빈 의자
목공(木工)의 솜씨 한껏 들어낸
자태는 추억되어
둥지 떠나 노숙자(露宿者)마냥
빛바랜 칠 한탄 한다.

지팡이 의지해 석양빛 쬐던
노년의 앙상한 회한(悔恨)
천근 무게의
아픔 되어 상흔(傷痕)으로 남고,

풋사랑 연인
숨 가쁜 사랑
수줍어 고개 돌리며 가슴 뛰고,
엇갈린 사랑
헤어짐의 아픔 바라봄도
내가 자리한 숙명이려니.

수많은 사연
겹겹이 쌓여
소외된 가을 더더욱 서럽다.
만 가지 상념 아득히 두고
낙엽만 한 잎 두 잎 내려앉네.

사랑은 물과 같아서

"사랑은 물과 같아서."

봄비 되어 언 가슴 녹여
사랑의 움도 틔우고
안개가 되어 가물대는
허상(虛像)도 만들더니,

때론 소나기 되어
천둥도 치고, 불면(不眠)의 밤도 만든다.

다시는, 다시는,
애증(愛憎)에 얼어붙은 차가운 가슴으로
뒤돌아보면
하얀 눈 위에 나란한 흔적들
미련의 연(緣) 놓지 못해
봄눈 녹듯 스러지는 춘설(春雪)은 또 뭐냐,

한 번 흐르면
어제의 물 되는데
물레방아는 마냥 돌기만 바라는가.

"사랑은 물과 같아서."

상처(傷處)

그럴 리 없다.
고개 저어 보지만
믿음이란 허상에 던져진
작은 조약돌
잠깐 인 파문(波紋)
스러진 듯해도
심연(深淵)에 자리한 흐릿한 아픔.

요동친 평상심 잠재우려
가부좌에 묵언(黙言),
부처님 흉내 내보지만
꼬리 물고 스쳐가는 망상
되새김질하는 아픔, 새살 돋는 소리까지
눈 떠 바라보면
색 바랜 회색빛의 암울한 자화상.

멈칫, 머문 듯 시간 저편
되돌아본들 돌이킬까만
상처는 흉터로 남아 아픔만 추억하는가.

속리산에서

속세(俗世)를 떠난
산이라니
고고(高呱)한 적막을 그렸더냐
길마다 가득,
중생(衆生)들 지고 온 사연
온 산이 시끌하다.

번뇌의 짐 무겁다 하나
속리의 품 무량(無量)하니
한낱 티끌 일세.

단풍에 취해
시린 눈으로 보니
모두가 속리인데,
움켜 쥔 그리움
지고 갈 업(業)이던가.

여행

지구가 둥그니
계속 걸으면 떠나 제자리
올 곳이 없으면
갈 곳도 없을 터
둥지 떠난 새 날개짓 한다.

터 잡아 산 곳이 다르듯
같은 게 없고, 같은 게 없으니
나그네 아닌가.

걷다 지쳐
문득 돌아보니
불이(不二)
해도 같고, 달도 같고
물도 같고, 너와 나도 같으니
비로자나 부처님
지권인(智拳印) 의미를 알 것 같다.

일주일도 못 견디고
집이 그립고
버리듯 두고 온 둥지
갈 곳이 있어 행복하다니
떠난 길, 오자고 가는 것인가?

이어도의 꿈

아득한 뱃길
바람, 돌, 여자,
신화(神話)가 다르면
뿌리가 다르다는데.

돌봄 없는 서자(庶子)의 땅 되어
쫓겨 온 자, 다스리는 자
귀양살이는 매일반.

끈 떨어진
양반님 네 젖 물리려
숨 가쁜 물질
휴-우!
피 토하는 휘파람만 가득하던 땅.

기름틀에 들깨 되어
볶이고, 또 방울방울 짜이더니
있지도 않은 섬
이어도
가슴에 품었구나.

허망한 꿈 이루려 뿌린 피가 얼마인가
세계 7대 자연경관이라니
이어도의 꿈은 이룬 것인가?

자식

수명 이십 년 견공(犬公)
삼 개월에 젖 떼고 정 떼고,
수명 팔십 년 인생
삼십 년 부양(扶養)에 허리가 휘지만,

둥지 차지한 뻐꾸기
시도 때도 없이 보챈다.
마른 가슴 짜 봐야 한숨뿐인데.

덜 채운 허기 감,
덩치 큰 뻐꾸기는 늘 불만이고
못 갚은 채무(債務), 죄스러운 뱁새
내리사랑의 올무 발목을 옥쥔다.

둥지를 오가는 버거운 날개짓
그나마 찢어질까 걱정이다.

지구(地球)

하늘은 둥글고
땅은 네모라 하니
지구, 이름부터 번지가 틀렸다.
우주 질서 마땅찮아
삐딱 기울어 제 몸 틀며
기껏해 주위나 맴도는 행성 신세.

회귀(回歸)를 향해
가슴에 품은 열정
한 되어
불도 품고 몸도 흔들어(震) 보지만
터 잡은 생명들만 좌불안석이다.

불개미 집 허물 듯
야금야금 껍데기 벗겨지고
소가 뀌어댄 방귀까지
하늘이 뚫린다니
몸도 온통 부스럼 성한 데 없는데,

생멸(生滅)은 하늘의 뜻인데
천기누설
하느님 나팔수들 지구 종말 외친다.
정녕 지구
천명을 다한 것인가
노아의 방주를 만든들 어디로 가라고.

지리산을 아는가

지리산에 올랐다
노고단 정상까지,
동네 동산 산책길 걷듯
너무 편한 지리산이다.

불과 반세기 전
형제가, 동족이,
서로 총부리, 죽창 맞대고
죽이고 또 죽던
피로 물든 지리산
정녕 이곳이 지리산인가.

정상에서 보니
별거 아닌 지리산이다
계곡마다 먹고 놀자 판
빨치산의 흔적 거짓인 듯 싶고
평화의 달콤함 안개 같이 깔렸다.

통 돼지고기를 씹으며
스치는 미안함
그대들이 피 흘린 자리에서
막걸리에 흥겹고, 술판이 즐겁다니
그것도 지리산에서…

태종대 바닷가에서

고향 같은 부산
자갈치 시장에서
회 안주 삼아 소주를 마셨다.
마신 술 바다 냄새 벅차선가
못 삭이고
숙취에 쩐 몽롱한 눈으로
바다를 보았다
오르는 길에 오악질도 했다
추억의 흔적도 지워져 버린
태종대 언덕길에서.

봄비가 내렸다
옷을 적셔봐야 뭐 대수라고
손바닥만 한 우산 밑
길가에 쭈그리고 외로움을 토해냈다
웃기지 마,
설마 눈물일까만
아픈 배 핑계 삼아
태종대 언덕 위에
망연자실 서 있었다.
바다가 외롭다고 생각을 하며.

해에게 소망을 빈다

땅끝 마을
정동진 바닷가, 동네 뒷산까지
어디서 본들 뭐 다를까만
첫해를 보겠다고 아우성이다.
지구 생긴 이래
거른 적 없이 뜨고 졌건만
빌어야 할 소망 꼭 오늘이더냐.

하느님 본 사람 없고
극락과 천국은 상상(想像)일 뿐이니
누가 도마를 비웃을까
돌고 도는 게 인생이란다.
아쉽게 남겨둔
어제, 작년, 또, 전생(前生)까지
윤회에 실린 아득한 시간여행 저편
두고 온 실낙원(失樂園)의 꿈,

다가갈 수 없는 신의 존재감
반복 약속된 아득한 유토피아
모두 액자 속 사진, 허상(虛像)일 뿐이니,
어둠 밝히고 뜨는 해
얼었던 동토 녹이는 햇살
움 틔우고 열매도 맺고
수백만 년
기대고 살아온 생명의 근원이거늘.

삼천 배(拜) 절도 하고
수십 일 금식(禁食) 기도도 하는데
새해 첫날
한낱 미물(微物)의 소박한 소망,
해는 오늘도 내일도 따뜻한 영원(永遠)이다.

하회탈의 미소

하회탈,
신라 토기(土器)에도
환한 미소가 있는데
삶이 힘들다, 모두 아우성이다.

대륙의 꼬리
바다에 막혀 무지개는 지고
가나안을 향한 꿈도 접었는데
반만년 역사
다리 뻗고 웃은 적 언제인가
꽃피는 봄마다
보릿고개
굶어 죽는 이 산하(山河)에 가득했건만.

미륵 세계를 본 것인가,
깨진 기왓장 막새의 민초(民草)
환하게 웃고 있다니.

희망의 꽃 가득 피워보자
왜란(倭亂), 호란(胡亂), 동란도 견뎌낸
우리의 끈기 가슴속 무지개
바다에 막혀 잠시 접었던 가나안의 꿈
날아보자 웃어보자
하회탈의 환한 미소, 우리도 남겨야 하지 않을까.

해질 무렵 눈시울 젖는다

해질 무렵이면
눈시울 젖는다.
지는 해 때문이 아니다
없었던 듯 지워지는 흔적들
망각(妄覺)에 대한 원망이다.

태양은
그림자 만들고
그림자는 늘, 또 하나의 나인데
해 지면
스러지는 무지개 미완의 미련
가둘 수 없는 흔적, 흔적들.

달팽이 기어간 자리
얼룩진 자국
눈 감아도 언제나 선명한 환영(幻影)인데
해가 진들,
하지만 눈시울은 젖는다.

형님

세상 살다 보면
형도 되고 아우도 된다.
옛 회사 수위 산에서 만나
형님 하니까 옆에서 지켜본 동생이
형님, 민망하게
뭘 형님, 형님 하십니까?
사실 저도 남이면서.

하루 살기도 이리 힘든데
수년을 더 살았으니
어디 그 삶이 쉬웠을까
희끗한 머리
웃지 않아도 잡히는 주름
세월의 흔적이 녹록지 않다.

형님, 하며 술 한 잔 권하니
아우님 고맙소.
어색한 미소 접히는 주름
세월을 함께한 정겨움, 어김없이 형이다.

셋,

세상에서 가장 안락한 베개가
팔베개 이다.
팔을 내어주면 보호본능이,
팔을 베고 누우면 아기가 된다.

고사(告祀)

목 잘린 돼지가
웃을리가 있나
혹 마(魔)가 낄까 두려움
매몰찬 이기심이다.
믿는 귀신 제 각각이라도
바람은 같은 법
돼지 입에 돈 물리며
소망의 무지개를 펼친다.
펄럭이는 만선(滿船)의 깃발을 날리며.

신의 창조물 주제에
신인 듯 교만 떨더니
천지는 온통 폐기물로 넘치고
하늘에 구멍까지 뚫렸다니
말세는 자초(自招)한 셈인데.

인간이
돼지머리 앞에 절을 하네.
민망한 때늦은 겸손
돼지가 돈을 입에 물고 웃고 있는데.

고이 접었다가

앞다리 짧아
위로만 뛰면 했는데
천지 가득한
촛불에 혼비백산이더냐,
내려구르진 않았으니
나마, 천우신조(天佑神助)로세.

저마다
못 이룬 소망
꺼지지 않는 촛불이려니
차라리, 이솝 이야기 속
포도나무 밑 여우가 부럽다.

원 대로 된다면
이미 천국이고 극락인데
사바의 끝은
언제나 아득한 저편이다.
못 이룬 무지개
고이 접어야 또 펼치지 않겠는가.

날개가 없다

어느 날
잠 덜 깬 눈 비비며
옆자리를 보았다.
빈자리,
좁던 방 넓게 보이고
작아진 우주만 덩그러니.

매미 소리가
요란하다. 아우성이다.
날개 서로 비비며,
찰나(刹那)의 생 아쉬워서
장엄한 일몰(日沒)을 꿈 꾸나 보다.

허전한 옆구리
갈비뼈 사이 들어낸 쇠잔(衰殘)
아무리 봐도
날개는 없다.
날개가 없으니, 소리도 없고,
"꼬리 잘린 도마뱀이 문득 부럽다."

당신

돌아서는 가녀린 어깨 위
드리운 석양을 보았다
허세(虛勢) 뒤에 숨은 그림자
수명 다한 건전지 품고
간헐(間歇)적 들썩임 곰 인형 몸짓까지.

안 본 듯
눈 감은들
진영(殘影)은 가시 박히듯 남았는데
혼자선 서지도, 돌지도 못하는
팽이의 비틀거림
몇 바퀴나 더 돌고 멎으려는지.

아린 기억
지울 세월은 어디쯤인지
가늠조차 아득한데
놓쳐버린 팽이채 기억도 없고
조마한 마음으로 팽이를 볼 뿐
스스로 갇혀버린
작은 철장 속
열쇠는 어디 두고 석양(夕陽)을 나무라는가.

드는 건 몰라도 나는 건 안다더니

막내가 짐 싸서 제집으로 갔다
서울서 교육 받는다고
10주를 함께 했는데.

휑하니 열린 방문 텅 빈 고요
녀석과 함께 온 고양이
냐 옹, 밥 달라 보채던 소리
막내 티 가득 담긴 콧소리 응석
흔적으로 여운 남기고
정적(靜寂)만 놓고 갔다.

"아빠 석계역인데 뭐 사갈까요."
저녁마다, 한 잔 술에
뱃살 불려놓고,
혼자 한 세월 도(道) 딱 듯 비운 마음
살짝 인 파문에 물결 흔들리듯,

사람 드는 건 몰라도 나는 건 안다더니.

명절

혼자일 땐 모른다.
홀로라는 걸

왁자지껄
정겨운 추억 잔치는 잠시
훌쩍 떠난 뒷자리
허공에 가득 남겨진 옛이야기들
흔적 지우기 싫고
보듬어 안아보면
남은 것은 짙은 추억의 여운(餘韻)

잠시 제자리 내 주었던
정적은
가슴에 동공(洞空) 만들고
고요함이야 습관인데 뭘,
쥐여 준 용돈 만지작거려 본다.

지구의 공전은 언제나
뜯겨나간 달력 늘 그 자리이듯
명절은
어김없이 가고 오지만
바람의 목적은 달라도 늘 기다림은 같다.

무지개

40주야(晝夜) 장대비에
폐허 된 지구
신이라고 가슴 쓰리지 않았을까
다시는,
희망의 무지개로 약속하셨건만
무균(無菌)이라 믿고
방주에서 날린 씨앗
온 땅 가득 무성하건만
약속의 한계 시험하려는 듯
오물과 매연 하늘도 가린다.

약속 잠시 잊으시고
분노에 뿌려본 장대비
다, 내 새낀데
차마, 또
찬란한 무지개 하늘에 걸렸다.

반세기 독재자 쪽배에 태우고

네 탓이요
천지 가득 아우성, 갈등
辛卯 년 한해
반세기 독재자 쪽배에 태우고
은하수 건너가듯 저문다.

서슬 푸른 되놈 이웃한 탓
발톱도 모자란 못난 용이었으니
이무기 신세를 탓하랴.

임진 년, 흑용(黑龍) 이란다.
다섯 발톱에 여의주 움켜쥔 당당함
비천해 보자 오천 년 한을 털고.

네 탓만이 아닌 내 탓이요
그래야 살맛이 나지 않겠는가.
남과 북, 너와 나
설마 품은 꿈 마저 다르기야 할까.

봄, 여름, 가을, 그리고 겨울

봄,
콧물 수건 가슴에 달고
엄마 손 놓칠세라
종종걸음 하던
초등학교 입학하던 날
노랑 개나리 활짝 반기고
봄날 같이 따사롭던 엄마의 손.

여름,
품 떠난 자식
물가에 내놓은 아기인 양
고장난 카세트 반복하듯
차 조심해라, 밥 잘 챙겨 먹어라
시원한 수박 음료 먹이시려
동네 부잣집 냉장고 눈치 보시더니
콧잔등에 땀방울, 주름진 어머니 미소.

가을,
남들 다 가는 군대
면회와 울고 가시더니
주말마다 두 손 가득 목 메이는 사랑
외출금지, 비상에 어깨 떨구시고
수십 번 되돌아 눈에 담고 가시려는 듯
가녀린 어깨 들먹이며 가시던 길
좌우에 가득하던 서러운 코스모스.

그리고 겨울,
자식 다 키워 어깨 가볍다시며
애써 고개 돌려 신께 의존하던 삶
남은 생 여한 없으시다더니
자식 걱정 못 놓으셨나,
눈 감을 때 눈가에 맺힌 한 방울 이슬
"어허! 자식 고생 안 시키시려
날 풀릴 때 가셨네." 그렇게 가셨구려.

夫婦

한 몸의 손가락도
길고 짧은데
둥근 자갈 되기가 쉬울까
이인삼각(二人三脚)
묶인 다리 어쩔 수 없어
어깨동무한 몸 되고.

혼자 뛰면 쉬우려나,
속박과 의지(依支)의 경계가 어디인지
문득 쳐다보니
서리 내린 반백의 머리.

어항에 길든 고기
방생(放生)을 한들 살겠는가
이인삼각 묶인 끈 인연이려니
눈길 마주하며 서로 가엽다 하네.

비지찌개 끓이기

어머니께서 끓이신 비지찌개, 정말 맛있었다.
비지는 두부 만들고 난 찌꺼기
먹을 거 귀하던 옛 시절도
비지는 그냥 퍼가도 좋은,
진열대 밖의 열외(列外)된 먹 거리.

비지도 돈 주고 사먹고
싸이 말춤이 혼 빼는 세상에
진(津) 다 쥐어 짜인 허울 안고
콩이 내 근본이라고 허풍 떨다니.

비지, 톱밥 불린 맛, 혀가 깔깔하고,
두부 안 뺀 비지는 콩 불려 간 사이비 비지.

비지찌개 맛있게 끓이는 법,
중국인에게 배운 비법 별거 아니다.
비지에 콩 기름 과감하게 많이 넣으면 끝
절대 기름 겉돌지 않고 미각 대만족.

방사능 차폐하는 납은 우라늄 늙은 거,
기름 지우는 비누는 폐유로 만든 거,
기름 짜인 비지, 기름 돌려주는 건 당연지사.
알고 보면 세상사는 이치 너무도 간단하고 쉽다.

사는 게 그럽디다

남편 먼저 보내고
식당 주방 일에 손 물렀다더니
혼자된 외로움 갈증 되어
술이 고팠나 보다
맥주 몇 병에 혀 꼬부라진 소리
"사는 게 그럽디다."

당뇨에 술 못 마시고
지겨운 술자리 같이 하던
순하디 순한 얼굴
철없는 마누라 헤픈 보증에
십년은 더 늙은 얼굴로
사람 좋은 미소 흔적으로 남기고는,

"사는 게 그럽디다."
남은 마누라 입 빌려 유언 하듯이.

사랑을 보았느냐?

지새운 밤
애증(愛憎)의 덧칠 지워보지만
갈증(渴症) 되어
가득한 그리움이라니
사랑이더냐.

동행의 맹세
앵무새 된 듯 반복 하지만
돌아서면 언제나 허탈감
실체 없는 안타까움
신기루 아닌가.

이별의 무게
태산(泰山) 같은 존재감
움켜쥔 손 펴면 허공이로다.
누가, 또,
사랑을 보았다고 하더냐?

손주

누구 새끼? 아빠 새끼
누구 딸? 아빠 딸

새끼가 엄마가 되었다네,
것도 삼십 대 중반을 훌쩍 나이에.

삼신할미 밉보여
고추 하나 못 만들고
요즘 세상 아들딸 어디 있어?
쉰 소리 펑펑해도
떡대 같은 아들 살짝 부럽더니.

아득한 기억 저편
아기 울음소리 언제인가
한 세대 건너 희망, 외 손주라 한다.
"할배 딱이네."
"이 녀석 짱구 머리 좀 보소."
모계(母系) 유전법칙, 만고의 법칙인데.

우리 아기 누구 새끼?
엄마 새끼,
언제나 똑같은 녹음기 재생
백번 물어도 할배 새끼 할 리 없지만
새끼의 새끼 것도 내 새끼니
제발 아프지 말고 커다오, 아기야.

세상이 좋아졌다

세상이 좋아졌다.
예전엔 술 마신 아버지들
염라대왕보다 무서웠다
뭐하나 좋을 게 없던 시절이니
술을 마신들
취기가 곱게 올랐을까
망(亡)과 심(心), 망년(忘年)
세월을 잊고져 했나 보다.

한 해가 저문다
누군들 저마다
가슴 아픈 사연이야 없을까만
망년이라 하지 않는다
송년(送年),
한해의 안녕을 마음에 실어 보냄이다.

보낸 허전함
희망을 가슴에 채워보자
새해엔, 설마 험한 일이야 있으려고.

아비

컨베이어 벨트에 실려
세월에 등 떠밀리고
어디쯤 일까 돌아보니
속절없이 서리 맞은 반백의 머리
안주(安住)한 듯하지만
잠시도 못 지킨 제 자리인데
숨 돌릴 틈도 없이
파랑 신호등은 여전히 가라 하네.

눈 감는다고
지워질까만
애써 고개 돌리면 어느새 옆자리에
못다한 숙제 걱정이듯
두고 갈 흔적들 업인가 미련인가,
제 코 석 자인 것 잠시 잊고
아비가 돼 보는데
빵! 귀를 울리는 클랙슨 소리
교차로의 파란불 잠시 잊었나 보다.

엉덩이

땀띠 날까 걱정되어
살짝 내려준 할머니 사랑
녀석 버릇되어
툭하면 엉덩이 깐다.

실낙원(失樂園)의 원죄
녀석이 알 리 없고
엄마랑 실랑이 정겹기만 한데.
세 살배기 꼬마
벗어 봐야 앙증한 뽀얀 엉덩이.

세월아 비켜가 다오
원래 벗고 살지 않았는가.

입춘대길

귀 기울이면
들린다.
눈 덮인 동토(凍土)의 땅 밑
기지개 켜는 생명의 소리
시냇가 얼음 아래
시린 겨울 녹이는 봄의 소리.

동장군(冬將軍) 무서워
닫혔던 대문 활짝 열고
맞고 싶은 빈객(賓客) 봄뿐이랴,
立春大吉,
겨울을 견딘 소박한 바람일진데.

대문 없이 달랑 현관문
갈 곳 없는 미아라지만
지성이면 감천이란다.
벌집에 살아도
봄을 반기는 마음은 늘 그 자리
입춘인데, 대길(大吉)하지 않겠는가.

장자의 꿈

술을 마셨다
취한 듯하지만
비틀거리며 집 찾아가는 길
전혀 낯설지 않다.
문득
장자의 꿈을 생각한다.
늘 보던 거리
늘 보던 사람이지만
영화 필름 스쳐 가듯 짧게 느껴지고,
이게 정말
내 삶의 전부인가
꽃밭 위를 황홀하게 날던
내가 나비인가
나비의 꿈을 꾼 것인가
한 잔 술에
혼미하다.
내가 나비인가? 사람인가?
장자, 그대도 한 잔 술에 몽롱하셨는가.

天, 地, 人

天,
혼돈의 어둠
멈춰진 시(時) 공(空)
창조주 침묵 깨고
하늘이 열려라 한다.

地,
애써 만들지 않아도 짝
하늘을 이고 갈 숙명 뿌리치려
도전(挑戰)은 역부족 되어
결국 궤도를 맴도는 위성 신세 아닌가.

人,
창조주 복제품이라니
지가 주인인 양 착각하지만
한 치(尺) 앞이 깜깜한 장님 신세인 것을
오색기 흔들며
작두 날에 올라 자학(自虐)의 춤 춰 본들
박수의 목 쉰 소리
천지에 허망한 메아리 되고
그래도,
온 곳이 있으니 갈 곳을 찾아야지.

태풍 무이파가 오던 날

태풍 무이파가 온다는 날
홀로 서울 집에 있었다
서울은 젊은이들의 도시라
나 같은 사람은 경계인(境界人)이다.

도시의 열기에
종일 헉헉 대다 보니
태풍의 전조라는
서늘한 저녁 바람이 상큼하다.
한두 방울 빗방울 뿌리고
뿌연 하늘 하며
정겨운 한 잔의 대화가
허기(虛飢) 되어 술이 고파진다.

산행의 지인(知人)은
"길이 막히네, 늦겠어."
지척의 그 마저
"모처럼 식구끼리 저녁 먹어."

그냥 잘까?
아쉽다
석계역 포장마차를 찾았다
낙지 볶음, 처음처럼 한 병
새삼스런 소외감
매운 맛만으로 달래질까만,

호기(豪氣)는 거기까지
"남은 거 싸 주세요."
비닐봉지를 들고 휘적휘적
그래도 보금자리라고 집을 향한다
가봐야 빈 둥지 애써 모른 듯 외면하고.

청개구리

제 새끼 낳고 길러봐야
눈물의 의미를 안다
비 오면 청개구리 우는 사연
그게 자기 얘기라는 걸.

받고 주는 야박함
내리사랑이라는데
준 것보다 받은 게 넘쳐
돌아보면 이미 가시고 없는 회한

자식은 늘,
제 새끼 낳고 길러본 후에야
눈물의 의미를 안다.

갚을 수 없는 빚 멍에 되고
윤회 속에 인연 아득하기에
비만 오면 청개구리가 되어 운다.

팔베개

자다 깬 천둥소리
전생(前生)의 죄 두려움인가
파고든 따뜻한 품
심장 소리 자장가 되어
꿈길 마저 편하더니.

한 잔 술에
옛 추억 갈증 되어
팔배게가 그립고
묻어둔 사진첩 찾듯
팔배게 베어본다.

흘러간 세월 저편
그 모습 그대로인데
속세(俗世)의 때 켜켜이 무게 되어
여린 팔 버거워하네.

한가위

가슴 설레며
손꼽아 기다리던 한가위
대처에 나간
형 누나
식구마다 사랑 가득 안기던 선물
꿈에 그리던 운동화 한 켤레
일 년을 버둥거린 땀의 의미
철없어 몰랐었다
민들레 홀씨 날리듯
뿌리내린 곳이 고향이라지만
연어 고향 찾듯
주기적 향수병, 한가위 아닌가.

가난한 이 땅에서
한 번 배불리 맘 편히
소박한 꿈은 늘 꿈이었지만
더도 말고 덜도 말고
한가위 둥근달 높이 떠 있다.

주름진 얼굴 정다운 미소
오늘만이라도
한가위 풍성함을 가슴에 담자.

넷,

지문 같은 이가 하나도 없고,
제 손의 손가락도 길고 짧은데,
같음을 바라는 어리석음에
호박꽃과 장미의 다름을 한탄한다.

갈등(葛藤)

그 많은 사람 중에
지문 같은 이 하나도 없다 하니
조물주 따로 만드시기 어려웠을 터.
앞으로 나란히 차렷!
코흘리개 교육 시작은
붕어빵 틀 속에 넣어 지문 지우는 일.

씨도둑 못 한다고
생긴 건 아빠, 하는 짓은 엄마
새끼가 분명한데
외식(外食) 한번 하려해도
뜻 같을 때가 한 번도 없으니.

한판에 찍으면 쉬울 일을
수십억 다 다르게 애쓰신 조물주
야소교(耶蘇教) 신자는 아니어도
존경스러운 갈등, 감탄스럽다.

갈등을 탓한다

해가 져야
달이 뜨고
우승자 환호할 때
눈 돌리면 낙오자도 있다.

비가 오면 우산 쓰면 되고
허기지면 요기 하면 되는데
갈등을 탓한다.

남자는 양(陽) 여자는 음(陰)
상극이더냐
요(凹)와 철(凸)이 만나니 호(好)
생명 탄생의 근원인 것을
같지 않음을 탓하며 갈등을 만들다니.

고스톱

화투 잘못 쳐서
패가(廢家)망신 하고
목숨까지 끊은 원귀들
구천을 가득히 떠돈다는데
황천길 배웅 길에도
단풍, 혹 사리 홍싸리가 조문한다.

외항선(外航船) 객실에도
비행기 복도에도
방방곡곡 어딜 가도
왁자지껄, 고-스톱.

덕목 하나
기천 원에 담요 한 장이면 만사 끝
더 싼 놀이 있으면 나와 봐라,

덕목 둘
시엄시 며느리 손주 남편 친구
내외 없이 누구나 어울리는 고스톱
가히 국민 오락이다.

덕목 셋
광도 피도 띠도
각자 제 몫이 있으니
차별 없는 민주주의다.

이상하다. 비슷한 바둑은
스포츠 되어 대한체육회 멤버라는데
머리 굴리기로 치면 바둑에 밀릴까만,

대한 고스톱 협회
만들기만 하면 국민 절반은 회원일 테니
회장만 되면, 대통령도 넘볼 만하다.
암튼 못 먹어도 고다.

닭을 슬퍼함

먼저 잃은 게
날개더냐 자존(自尊)이더냐.
빌붙어 살긴 매일반인데
개에게 쫓기는 신세라니
후다닥, 몸부림 쳐봐야
기껏 지붕이 한계인 것을
날개 탓만 하랴.

고달픔에 짓눌려
늘 이대로
깨지 않는 잠을 갈망하던 이를
새벽마다 비명 질러
일터로 내몬 건
생존(生存)을 위한 아부란 말인가.

품어야 깨지도 못할 알
줄줄이 낳은들
삶의 목적이 인간을 위한 봉사라면
독방(獨房)에 갇혀 60일도 못 사는 생
자존을 버린 스스로 선택인 것을.

창공(蒼空)을 훨훨 날아야 할 닭
푸닥거릴 자유도 잃고
한집 건너 닭튀김 집
마트마다 가득한 희망 잃은 알, 알,
날개 달린 신세가 너무 불쌍하지 않은가.

귀가 간지럽다

귀가 둘인 건
좌도 우도 잘 살피라고
측면에 달려 혹, 한쪽 놓칠까
하나의 귀론 불가능하니
둘을 주신 야훼의 뜻 아는가.

귀 뒤쪽을 애써 막은 뜻은
뒤에서 하는 험담
밀실의 말, 듣지도 하지도 말라인데
온통 들리는 건 아리송한 폭로
있다, 없다, 했다, 안 했다.

말 잘하는 잘난 사람
천지에 가득한데
힘 가진 자 귀 기우려 듣지 않고
입 가진 민초들만 왁자지껄
허망한 소음 되어 메아리로 가득하다.

TV 켜니
애국지사 대선주자 졸개들
화려한 무지개 천지를 환하게 한다
귀가 간지럽다. 귀가 간지럽다.

막걸리

놀고 마시면
고이 삭이지 못하는 술
애당초
막 자를 달고 태어났으니
막 노동꾼 술은 당연한 궁합(宮合)

아궁이 불 맛본지 오래고
솥단지 붉게 녹슬어도
우리네 인심 닮아
집 나서면 바가지로 퍼마시던 술
서민들의 술이라 했다.

세상 좋아져
대기업 노동자들
한 달 쌀 오십 가마 품삯이라는데
막자 붙은 술 가당키나 할까.

아스파탐으로 단맛 내고
숙성(熟成)이 어떻고 한다고
막걸리가 양주 될 리 없건만
막 자의 멍에 술도 잠시 잊었나 보다.

놀고 마시면 깨지도 않는 술
백수가 마시고 양주 마신 양 취해본다.

말, 막말

혀 잘못 놀려
황천길 간 사람
구천(九天)에 가득하다
말이 글이니
필화(筆禍)로 밥숟갈 놓은 사람
사화(士禍)라 하지 않던가.

선거판이 시끌하다
막말 때문에
나 꼼수라나
상처 입은 동물 사자가 그냥 둘까
최고의 사냥꾼이 정치인인데.

누굴 탓하랴
막말 아니면
기껏 글 쓰거나 떠들어 봤자
관객 열 명, 백성들 수준인데
통 빡 빠른 친구들 놓칠 리 없다.

끝을 자극해야 뜨는 세상이니
점잖게 고상 떨어봐야
공자가 한 말씀 한다 해도,
꺼져! 이게 위대한 대한민국이다

모기

부처님 오신 날
몸바쳐 보시(布施)도 한다는데
피 한 방울 빨린들
뭐 대수라고
부처님 자비 맘에 새겨 보지만
가렵다. 침 발라도
숙주(宿主)가 편해야 기생도 쉬울 텐데
앵, 앵,
범인(凡人)이 항마촉지(降魔觸地) 어불성설이다.
그물치고, 향 피우고, 유인 등까지
모기야 공생(共生) 좀 하자
윤회에선 모기나 중생이나
같은 처지라고?
부처님 뜻이 고우시니
모기야 실컷 먹고 왕생(往生)해라
부처님 오신 날이니, 그래도 가렵긴 하다.

산이 좋아서

산은
서로 좋게 만든다.
산 오르며 흘린 땀방울
갈증 되어
서로 당기나 보다.
한 끼 점심일망정
펼쳐 놓으면
성찬의 뷔페가 되고
네 것 내 것 하나 되어
정겨움 가득하니
어찌 배 채움의 즐거움뿐이랴.

산이
술을 마신다.
산이 맑으니 취한들
감정의 숙취 있을 리 없고
바벨탑의 아쉬움 잊은 지 오래니
산을 오른다.
산이 좋고, 사람이 좋아서.

소야

이 땅에 터 잡아
동거한 지 수 천 년
하루 한 끼
풀칠도 어렵던 세월
돌밭 헤치며
가래질에 어깨 벗겨져도
소는 늘 든든한 동반자인데.

허리 휘게 일하는 소 없고
밥 굶는 사람도 없다는데
소가 생매장 당한다.

농사 손 놓아 편해진 듯하지만
20년 수명
2년이 고작이라니,
소라고 천수 누리고 싶지 않을까.
비싼 사료 값, 질긴 고기 맛,
누굴 탓하랴.
구제역이 무서운 사람 앞에
소와의 우정을 말할까만,
수 천 년을 같이한 동반
소야 미안하구나
부디 다음 생에는 소로 나지 말아라.

신문에서 朝三暮四를 보다

"2012년 11월 22일, 신문을 펼쳤다."

버스 대란(大亂),
삼십만 택시 표 얻으려다
먹이 뺏길라, 놀란 버스들 총파업.

엄마표 얻으려고
무상교육 예산 1조 증액
어르신 표 놓칠세라
기초 노령 연금 인상
어라! 대학 반값 등록금 하며
신 공항까지, 또, 또

"송나라 때 豬公이 이르기를 아침에 먹이 세 개
저녁에 네 개 하니 원숭이 떼, 성을 내더니
아침에 네 개 저녁에 세 개 하니 엎드려 족하더라."

침팬지 유전자 인간과 90% 이상 같다더니
진화(進化)를 덜 한 것인가?
배곯을 저녁 깜박 잊고 모두 환호 한다.

아파트

우르릉! 지진이 난 듯
집이 떤다. 벽이 운다.
알량하게 포개 있던 접시들
비명 지르며 낙상도 하고,
개미집 벌집보다
나을 것도 없는 구멍 속에서
앉아서 일 보려고, 누워서 목욕하려고
착암기 비명 지르며 벽 두드린다.

"씨*놈아 밤새워 일했다, 잠 좀 자자."
"주민 동의받고 지랄 떠는 거냐? 씨*"

먼지 뒤집어쓴
목구멍이 포도청인 비굴한 얼굴
파리 되어 발 비비고 섰고
어깨 떡 벌린 대추만 한 놈
지어미 성기가 무슨 죄라고 연신
따지러 갔다가 겁만 먹고
아파트,
대추 말대로 정말 씨*은 씨* 이다.

어느 공원 풍경

기대고 사는 게
사람(人)이라는 데
홀아비 홀어미 삶이 쉬웠을까만
이마에 진 주름만큼이나
허기진 사랑 쌓였을 터.

빈 벤치에 안주 없는
소주병 앞에 놓고
이게 날새
찌든 흔적(痕迹) 자랑하듯,

묵언(默言) 수행이 어렵다는데
파계(破戒)는 쉬울까
사람이 사람을 찾는다.
기대려고.

* 종묘 근처에 가보면, 노인이 가득합니다.

업이로다

예전 아낙들
해탈(解脫)한 부처님
평생 한 푼 번 적 없는 남정네
염라대왕 모시듯 하고,
노름에 축첩(蓄妾)에
꼴이 사내라고 가부장이라니
"징 한 거."
못난 한숨이 고작.

쌓인 업 징벌 되어
난쟁이 꼴이 된 사내들
우유 한 잔에 식빵 한 쪽 달랑, 아침이란다
적응 못 한 위장 촌스러움 탓하고
지하철 입구 김밥 한 줄
아비 잘못에 자식이 목멘다.

소주 한 잔 불안감 달래면
어김없이 몽유환자가 되고
"징 한 거, 정이 뭔지."
아낙이 하던 말 남정이 한다.
다 업(業)이려니.

연탄

달랑,
무명이나 삼베 옷
대륙을 휘돌아
몰아치는 삭풍(朔風)의 동토(凍土)에서
반만년을 버겁게 버텨 살아남으려니
산은 헐벗어 민둥 되었고.

새끼줄에 꿰인
귀가(歸家)길 연탄 한 장, 안도의 미소
동사(凍死)를 면해줄 생명줄인데,
자고 나면
낯설지 않던 곡(哭)소리 에고, 에고,
살아남은 자 가스에 취해 넋 나간 바보 되고.
운명이려니
공포의 잠자리, 시린 추억들이다.

도로가 여기저기
비닐봉지에 묶인 연탄재가 보인다.

세계 10위권 부국(富國)이라더니
웬 연탄,
시린 겨울은 다시 오는가
한 이불속에 발 맞대던 식구 뿔뿔이 제각각인데
지난 세월 마신 연탄가스
뒤늦은 후유증인가,
왜, 세월이 회한(悔恨) 되어 가슴 메일까.

여름소묘(素描)

부채질도 버거운데
선풍기인들
지친 날개 헉헉, 이열치열(以熱治熱)하라 하고
장마 지겹다더니
이글거리는 태양, 변덕 부리듯
나뭇잎 기가 죽어 고개 숙였다.

정자나무 그늘에
매미 소리 자장가 삼아
오수(午睡) 즐기던 전설을 찾으려면
타임머신이라도 타야 할까 싶다.

병아리 때 재잘거림 잦아든
텅 빈 학교 운동장, 매미 소리만 자지러지고
도시의 소란함 몽땅 옮겨간
해변 소란함에 파도소리 할 말을 잊었다.

혀 빼물고 헉헉거리는 견공
여름 나기 어렵다 한탄 하는데.
사람이라고,
열기에 피어오르는 욕망 아지랑이 되어 가물대고
여름은,
날개 없는 겨드랑이만, 가볍다 한탄한다.

우편함

사방 한자나 될까.
낡은 우편함
오뉴월 강아지 혀 내밀 듯 삐죽
신랑 아무개, 신부 아무개
경상도 어디 장례식장
다 타 먹은 순번 계 곗돈 붓듯
또,

하루 한두 번 들고나는
아파트 철문
세상과 아득히 담쌓았는데
감방 배식구 뚜껑 열리듯
기대 반 불안 반
펼쳐 보면 내미는 손들
아파트 관리비, 재산세, 신문 구독료 하며,

어라!
차량 번호 1163, 압수 경고까지
바이, 하고
손 흔든 줄 알았는데
우편함이 돈 달라 아우성친다
것도, 달랑 쪽지 한 장으로.

집이 벽을 만드나 보다

이사 온 지 오 년 여
옆집 사람 얼굴 한번 본적 없다
기척으로 이삿짐 들고남을 느꼈지만
내다본 적 없다.
이사 오면 떡 돌리던 시대를 살아온 난데,
얄팍한 서울 집 구조가
귀만 밝게 만드나 보다.
줄 것도 없고
잃을 것도 없건만
동굴 속에 숨어 살던 아늑함의 향수
문득, 원시가 그리운 것인가?
오 년을 살아도
얼굴 한번 안 마주친
기적을, 집이 기적의 벽을 만드나 보다.

채송화

한 송이 피어서는
허전한 꽃
보석을 뿌린 듯
무리 지어 피고 지고
가까이 보노라면
떠나온 고향 양지 바른 앞뜰
눈앞에 보듯 그리게 하는 꽃.

하루가 바쁜 짧은 개화(開花)
지는 아쉬움 미련 되어 남고
진자리 채우려
올망졸망 앞다투면
가득히 피어나는 색색의 아름다움.

보석을 향한 허망한 욕망
나무라듯
가련 순진한 꽃말 되어
채송화는 가슴에 가득 피어있다.

축구(蹴球)

먹이 구하러 들판을 뛰던 인류
만보(萬步)계 허리에 차고
계단 오르며 숨 턱에 차 허덕인다.
뱃살 부여잡고
휘젓는 팔 파워 워킹이라나.
골문을 향해
치닫는 힘찬 숨소리들
잊어버린 삶의 모습이다
둥근 공 사이에 두고
막으려는 자
골문을 두드리는 자
목적은 달라도 뜻은 같지 않은가.

먹이를 쫓던 삶의 절박함
아득한 기억 저편일 지라도
나약한 심신
화들짝 날리며 몸을 던진다
공을 쫓음이 아니다
멈출 수 없는 꿈의 발산이다.
둥근 공의 꿈.

코스모스

남미 고원지대가
고향이라니
만리타향 이국땅
씨앗 움터 뿌리 내림이
쉬웠을까만
길 따라 가득히 가을이다.
떠나온 고향 그리워
연 분홍 꽃 피우고
모진 추위 제 몸 태워
붉은 꽃 피우더니
담담한 체념, 흰 꽃이 되었더냐?

씨 뿌리고
거두는 이 없는
잡초자리 매김도
아득한 멕시코 고향 그리워함도
삭여, 삭여, 이 땅의 꽃 되어
가을을 수놓아 코스모스 가득하다.

포도즙 좀 마십시다

카페 정모 공지 글에
김천 사는 하 시인 댓글이 없다.
일 년에 한 번 모임인데
보고 싶어서
문자를 넣었다. "정모 때 꼭 와요."

"문제가 있어요,
바깥양반은 생산담당
저는 판매 담당인데
어쩔까 걱정이네요. 불황이라
재고 쌓아놓고 모임 간다 하기가
열심히 팔아 볼게요, 그때까지."

유난히 잦았던 태풍
물씬 향토색 풍기던 시인의 시어(詩語)
시련 이겨낸 포도송이
아련한 추억의 고향냄새가 어우러진다.
아무리 어렵다 한들
삼만 원,
포도즙 한 상자 더 마신다고…
휴대전화로 문자를 보냈다
포도즙 한 상자 보내 주세요, 시인님.

호박벌

조그만 놈이
엄청 큰 소리를 낸다.
웬 모터 소린가 착각했으니
어디로 들어왔을까?
먼지 들어온다고 꽁꽁 닫은 창문인데
해 그리워 낸 유리창
제가 무슨 김일이라고
계속 헤딩에 머리 깨질까 걱정스럽고.

먼지 낀 유리창
자유가 그리워 색맹(色盲)이 되었을까
먼지 무섭다고
창문 닫아걸고 땀 흘리는 나
점잖게 있으면
어련히 창문 열어 날려 주련만
떼쓰듯 몸 뒤집어 맴도는 벌
더위 먹고 헷갈리긴 마찬가지.

여름이긴 하지만, 벌도 나도 아 덥다.

술로 약 먹다

날이 저물면 말(對話) 허기져
술 한 잔 생각나고
살면 얼마나 살겠다고.

젊은 애송이 의사 겁주는 말
"술 드시면 오래 못 살아요."
녀석 세상을 모르는 헛소리.

담배피면 명 짧다지만
연기에 흩어지는 망각은 어쩌라고
손끝이 노래도 팔십도 넘기더라.

술 한 잔에 호기는 잠시
이러다 건강 망치는 거 아닌지.
약봉지 꺼내, 물 가지러 가기 귀찮고

맥주로 약 삼킨다. 오래 살겠다고.

다섯,

가을을 느낀다.
창문을 열면 가을에만 느낄 수 있는 상큼한 바람이
정신까지 맑게 한다.
남들은 뭣 하러 그런 곳에 집 지어놓고
돈 들이느냐고 핀잔이지만
바람을 맘껏 받으며 커피 한 잔을 들고 창가에 앉아
그리운 사람을 그려 보는 행복을 돈으로 바꾸랴,

가을비

가을이 빗속에 저문다.
텅 빈 들녘 스산함만 가득하고
여름을 다한 나뭇잎 햇빛이 그리울 진데
가을비 서러움 되어 온몸을 떨고 있다.

계절의 오감을 누구라 막을까만
가을비에 저물어 갈
계절이 못내 아쉬워
빗속에 가물대는 산야를 가슴에 담는다.

가을이 저문다

비 나리는 가을
눈물 흘리며 떨고 있는
지는 꽃잎을 보고
해바라기 서럽다, 고개 숙이고.
높아진 하늘
흘러가는 한 조각구름
떠난 여름 못 잊어 뒤따르 듯.

낫이 휘젓고 간
텅 빈 들녘, 적막만 가득한데
빨간 고추잠자리
가는 계절 나 몰라 하듯
날갯짓 여유롭다.

잊혀 질 가을인데
눈이 아쉽다 되새김질하네.

겨울을 보다

허공엔 바람만 가득하고
폭설에 묻혀버린 초목(草木)의 꿈
아쉬움 한숨 되어
신음소리, 문풍지 울린다.

달은 얼어
반만 얼굴 내밀고
눈덩이이고 휘청이는 노송(老松)
애잔한 눈길 보내 보지만
이제 겨울은 초입인 것을.

영혼만 남은
억새, 몸 흔들어 아우성치는데
처마 밑 고드름 반짝 겨울 햇살에
눈물 되어 방울방울 흘려 보지만
칼바람 매정함 고개 돌린다.

겨울은 이제 시작인데
어째서,
초라한 단칸집
옹기종기 한 이불 같이 덮던
따뜻한 옛 겨울이 그리운 것인가.

나목(裸木)

삭풍(朔風) 몰아치는
산야에
나무가 울고 있다.
바람 소리라 하지만
나무가 운다.

모두 제 둥지 찾아
바람 소리
자장가 삼아 깊이 잠든 밤
발이 없어 제자리가 운명인 것을.

힘겹게 뿌리내려
안간힘 해도
옷 마저 벗어버린
앙상한 몸
긴 겨울 삭풍이 잔인하다.

나무가 울고 있다
추위가 서러워서
아니, 운명이 서러워서 운다.
눈 쌓인 산야를 보며
온 밤을
그렇게 나무가 울고 있다.

눈꽃

시련(試鍊)은 견딜 수 있어도
계절은 운명인가
거친 태풍 뜨거운 햇살
보듬어 열매 맺고
고운 단풍으로 단장도 했는데
추억만 가득
앙상한 나목(裸木)되어 떨고 있다니.

눈이 내린다
삭막하고 얼룩진 대지
하얀 물감으로 채색(彩色)하듯이
수명 다한 늙은 사자
웅크린 주검, 잔등의 듬성한 털 같은
추억의 잔재들을 말끔히 지운다.

꿈을 앗긴 수목
기나긴 동면(冬眠)에 좌절 말라고
추억이 진 앙상한 가지마다
탐스런 눈꽃을 가득 피운다
하얗고, 소담하게.

동백

선운사를 찾았다.
펑펑 내리는 흰 눈 속에
입춘이
중국 江南의 절기라는 걸 잠시 잊고
매서운 북풍(北風) 기세에 눌려
웅크리고, 또, 둘러보면
온통 회색(灰色), 숨죽인 동면(冬眠)뿐
눈 속에 핀 붉은 동백, 연정(戀情)을 그렸나 보다.
四月에 피는 동백을 두고.

미당(未堂), 이 땅의 시인일 진데
봄을 그리는 마음이야 어찌 다를까
휘날리는 눈밭 속에
시비(詩碑)가 외로이 서 있다
주모(酒母)의 육자배기 목 쉰 소리 배경음 되고
동백은 시비(詩碑) 속에 가득 꽃망울 피운다
사상(思想) 아닌 고운 시어(詩語)만 가득 담아서.

떠나는가

여행길에도 배웅이 있는데
영원한 길 떠남에
어찌 애끓는 만류가 없을까.
때 절은 옷 벗듯
세월에 찌든 육신 두고
북망산천 어디쯤인지?

색(色)과 공(空)의 경계선에서
망자(亡者)야!
부르는 소리 아득하고
세월을 되돌릴 수만 있다면,
놓고 갈 사연들 가득하니.

가본 적 없는 미지의 불안
피해 간 이 없다는데
망자야! 소리쳐 부르는 절규
인연 끊기는 소리만,
허공에 메아리 되어 흩어지는가.

민들레

돌보는 이 없어도
계절은 미련
봄이 손짓하니 수줍은 듯
노랑꽃 환한 미소.

홀씨 되어
날다 내린 곳
버거운 삶 숙명처럼 기다리고
떠나보낸 엄마 꽃
바람에 맡긴 아픈 체념이었을 것.

꽃도 해탈(解脫)을 하나
두려움 저만치 두고
노란색 희망을 가득 피운다니.

봄날의 짧음
탓할 새 없이 피고지고,
나고 감이 둘이 아닌데
밟힐까 애잔함 애써 눈 돌린다.

봄을 기다리는 마음

겨울이 시리니
봄을 그리지 않을까
아까시아 나무 마른 가지 위
새 한 마리
봄은 어디쯤 인가
침묵의 날갯짓 해 본다.

잠시
따사한 이른 봄볕
긴가, 민가
고개 내밀던 어린 새싹들
날 새운 시샘 늦추위에
함박눈 이불 덮고 떨고 있나니.

춥다 한들
모두의 마음엔 봄이 가득한데
늘 겨울이기야 할까.

봄은 언제나 소리 없이
운명처럼 찾아오지 않던가.

봄이 오는 소리

동장군 들을세라
뿌리 살며시 기지개 켜니
마른 가지
어느새 눈치채고
움 틔어 수줍게 고개 내밀며
우린 한 몸이니 속삭인다.
움 추린 하늘
봄바람 유혹에 안개 걷히듯 흩어지고
알몸 들어내는 초록의 꿈들.

고난의 시절 언제이던가
빈창자 고픔 잠시 잊은 새들
흥겨워 봄을 노래하나니.

다, 내어준 공허(空虛)함에
꽁꽁 얼었던 가슴
봄비에 젖으면
아픔은 흔적 되어 망각으로 스러지고
졸졸 소리 내어 희망만 가슴에 품네.

눈으로 보지 않아도
소리만으로도
봄이 오는 소리 가득하지 않은가?

빗님

빗님이 오신다.

얼굴 붉혀 화난 기세
해님 보기 무섭고
깊이 뿌리 못 내린 신세
불볕더위에 누렇게 피 말리더니
한바탕 소나기에
기지개 켜듯 고개 들어 소생한다.

혀 빼물고
무더위가 주인 잘못인 양
곁눈으로만, 누워 있던 개
언제냐는 듯
꼬리 흔들어 아는 체
충견의 한계가 얄팍하다.

소리 잃고
숨죽이던 개울
유치원 아기들 재잘대듯
소생을 노래하고
안개는 해님의 민망함 살짝 가린다.

산야(山野)가 노래한다.
빗님이 정겹게 한다, 우리 모두를.

시월에

불볕더위
한여름 견뎌낸 흔적들
색색이 치장되어
이별을 장엄(莊嚴)하듯,

하늘 향한 경쟁
발돋움 힘겹던 나무에
휘감은 기생(寄生) 사죄라도 하듯
담쟁이 화려한 치장 눈부시다.

사랑 듬뿍 안아
대 이을
씨앗 가득 품은 해바라기
스러지는 잔 볕 아쉽고,

눈 들어 보면
출렁이는 황금 물결
늘 이대로이고 싶은 풍요.

비움의 계절 시월에
아쉬움 햇살 되어 누리에 가득하다.

식목이 살 목 될까

소나무 몇 그루를 심었다
척박한 토지에
깊게 내린 뿌리를 보면
삶이 순탄치만은 않았나 보다
땅 파다 보면
돌도 만나고 게으른 손바닥 물집도 생기고
살겠다고 뿌리 내린 몸부림이 안쓰러워
곱게 파내려 애써 보지만,

잘려나가 들어낸 뿌리의 몰골
아무리 봄이라 하지만
삶의 연장이 버거워 보인다
후회했다
제자리에 살도록 둘 걸
빌어 본다. 봄비라도 흠뻑 내려주길.

여름이 진다

푸르던 잎
버겁던 더위 흔적 남아
색 바랜 옷 민망한 듯
스치는 바람에 살짝 눈 흘기고,

가뭄에
허덕이던 감자밭
농부의 꿈 가슴 아파하며
미숙아(未熟兒) 신세 되어
한숨으로 널려있다.

훌쩍 커버린
옥수수 대 알알이 꿈을 안고
높아진 하늘로 기지개 켜면
올망졸망
행복한 무게에 허리 휜 고추
해바라기 하며
발갛게 얼굴 붉힌다.

기 꺾인 사내 순해진 눈망울
석양은 늘 그렇고
높아진 하늘, 선선한 바람,
한해를 살찌운 여름, 이렇게 가는가.

이 가을에

창문을 열면
가을이 가득하다.

트럭 가득히
뽑혀서
전라도 김치 공장으로 떠난
텅 빈 무밭 하며,
나이 들어
병원 멀어 무섭다고
홀로 둔 집, 하며
모두가 가을인데.

가슴 가득한
그리움은
가을을 애써
외면하고 싶은 건가.

잔설(殘雪)

시련은 끝났는가
추억만 위안 삼아
빈사(瀕死)의 삶 겨우 버텨왔는데
춘풍은
어머니 사랑의 숨결처럼
버려둔 세월 미안함 가득 담아
따사함이 천지에 가득하다.

가면 오는
오행의 수레바퀴
생장수장(生長收藏)의 진리 변함없으니
기다리면 언제나 봄은 오는 것.

왔으니 또, 가야 하는데
봄볕은 노루 꼬리고
움 틔우고 꽃 피우고, 씨는 언제,
시간이 짧음, 한탄만 하랴.

시련은 필연(必然)
자리한 역할만 다를 뿐이듯
잔설(殘雪)이 제 명 다하고
봄볕에 녹고 있다.
가면 온다는 계절 알기나 하는지.

조카

오빠,
무지 부러웠다
여동생 있는 친구들이
꼬맹이 소원 하늘이 아셨나
누나가 딸을 낳았으니
오빠 대신 삼촌!

세 살배기 꼬마는
막내 삼촌 좋다고
언제나 졸졸 동행이었고
타박타박
걷다 지치면
어김없이 삼촌 업어줘!

내 삶이 버겁다고
애써 고개 돌려 못 본 듯
잊고 산 세월
다 가고 없는 인연 문득 외롭고
업어 달라 보채던 세 살배기 꼬마가
누나보다 더 늙어
나를 보고 있다. 삼촌! 하고.

주산지

물에서 태어나
바람으로 흩어지는
인생인데
주산지 선경(仙境) 앞에 두고
천재감독 김기덕은
물을 보려 했을까? 바람을 보려 했을까?

물이 바람 되어 흩어지는가
자욱한 물안개
덧없다 선경은 자태 감추고
나도 모른다. 도리질 하네.

첫눈

웬만하면
첫 번째는 대우를 받는다
눈이라고 다를까.

"큰길가에 놓고 갈게요."
퉁명한 택배 기사 전화받기가 무섭고
가스라도 떨어질까
밸브 열기가 망설여지니,

멋없이 키만 크던 낙엽송
눈덩이 매달고 힘겹다 허리 굽히고
잔가지 많은 나무 첫눈이 수난이란다.

나무가 불쌍하다
제 몸 흔들어 눈 하나 털지 못하고
겨울의 문턱에서 봄을 기다려야 하니
오지랖 넓게 나무 불쌍하다고 눈을 턴다.

눈만 오면 차도 못 오르는 봉평 집에서.

春來不似春

계절이 봄이니
모두가 봄이라 하지만,

세월은 도는 것이 아니다
한 번 스치면
그저 인연으로만 흔적 되고
모두 어제의 일
인생의 봄, 것도 추억일 뿐이다.

삶에 옥죄이고
어디 하나 기댈 곳 없으니
가본 적 없는 상상(想像)
강남 제비 늘 기다리지 않았는가?
민초에겐
봄만이 절망 속 슬픈 생존이니,

봄이 왔다고 하지만
어디를 둘러봐도
春來不似春,
늘 그랬던 것처럼
봄은 그저 못 이룬 꿈일 뿐이다.

춘설(春雪)

봄이라는데
송별(送別)이 성급한가
천지가 함박눈 덮어쓰고
어리둥절.

기지개 켜던 나무들
습설(濕雪) 버겁게 안고
봄 운치 보네.

닭 울지 않아도
새벽이 오듯
구름 뒤 해님 빙긋 웃고,

허세일세, 동장군(冬將軍).

피서(避暑)

해님 달님 별님
비님이 오신다
자연에 겁먹고 깍듯했는데
찌는 불볕더위에 안면 바꾸듯
"뭔 놈의 날씨가."

폭설(暴雪)에
버리듯 부리고 간
비상식량 찾으려
엉덩방아 몇 번에 긴 한숨도
"뭔 놈의 눈이 이리도 온데."

겨울에
구박받던 시골집
바람 무서워 가렸던 병풍 걷어내니
불청객이 빈객(賓客) 되어
쏴 아!

건망증
나인가 바람인가
시원한 바람 앞에 민망해 본다
두 얼굴의 얄팍함을.

노인요양소

시인 박인영

긴 병에 효자 없다더니
현대판 고려장
버려진 두려움은 잠시
금쪽같은 새끼 마음 쓰여
깊이 숙인 고개 남몰래 눈물 삼키시네.

병들고 늙은 육신
추억은 막 내린 무대 되고
움켜쥔 막차 승차권
애 말라 기다리시며 저승사자는 어디쯤,
왜 이리 더디신가 한탄하신다.

삶의 끝자락 가물대는 여명(餘命)
간절한 자식 걱정 소망의 끈은
안고 가실 미련인지
자식의 재롱, 옛 꿈을 꾸신 것인가.
이슬 맺힌 눈가 스치는 미소.

템플스테이

시인 박인영

도량석(道場釋) 맑은 목탁소리
속세의 번뇌 잠시 접어두고
청량한 심신 부처님께 하심(下心) 코 져
옷매무새 가다듬네.
미물 깨우치는 범종 소리
깊숙이 파고들어 온몸을 휘몰아치고,

정적 깬 죽비소리
화들짝 놀래보면
접어 두었던 번뇌들 어느새 우후죽순
초심 불자의 화두 메아리 되어
불국은 아득한 저편

오체투지 간절한 백팔 배 부처님은 보셨을까
문득 가벼워진 어깨, 이것이 하심인가!

세월 실린 나그네

박목철 시집

초판 1쇄 : 2013년 11월 10일

지 은 이 : 박목철

펴 낸 이 : 김락호

디자인 편집 : 한지나

기 획 : 시사랑 음악사랑

인 쇄 : 청룡

연 락 처 : 1899-1341

홈페이지 주소 : www.poemmusic.net

E-Mail : poemarts@hanmail.net

정가 : 10,000원

ISBN : 978-89-91664-68-5